KB195980

아침달 시집

순수한 기쁨

차유오

시인의 말

사람과 사람 사이에 남는 게 마음이라면

몸 같은 건 사라져도 좋을 텐데

2024년 11월

차유오

차례

1부
나타났다가 사라지는

2부
흩어진 채 하나가 되어

3부
내가 점차 투명해질 때

4부

남겨진 사람만이
떠나간 사람을 생각할 수 있고

발문

1부
나타났다가 사라지는

투명한 몸

아이는 해파리를 보고 유령이냐고 물었습니다

유령의 이름을 부르면
유령이 달라붙는다고 말해주었는데요

아이는 그 말을 믿지 않고

전생에 사람이었던 유령은
해파리를 잡기 위해 물속으로 뛰어듭니다

인간을 통과해
유령이 된 유령은

이제 물속에서도 숨을 쉴 수 있으니까요

해파리에게는 유령이 보이지 않고
유령은 투명한 자신의 몸을 알지 못해

서로가 서로에게서 멀어집니다

여전히 해파리는 자신을 증명하기 위해
헤엄을 치며 물속을 돌아다닙니다

물 밖에서는
유지할 수 없는 동그란 몸으로
물로 이루어진 투명한 몸으로

혼령으로
세상을 떠도는 유령처럼

없는 것처럼 보여도
눈앞에 있는 것

비어 있는 것처럼 보여도
가득 채워져 있는 것

그건 꼭 마음 같지 않습니까

전부 잊었다고 생각했는데
하나둘 떠오르는 기억처럼

가라앉아 있던 해파리들이 떠오릅니다

아주 천천히 눈앞에 나타나다가
이내 사라지는

순수한 기쁨

손을 씻자
비누를 따라 작아지는 사람들

물은 거품을 데리고
어디론가 내려가고 있었다

사람들이 일제히 떠날 때

그들로부터 비롯된 더러움이
크기를 키워갈 때

자신에게는 어떤 모양이 있는지
비누는 보고 싶었다

매일 바뀌는 모양을 기억할 수 없었으므로

흘러가는 대로
두게 되는 생각들

커지는 거품과 다르게

비누는 작아지는 버릇이 있었다

더는 자라지 않고
끝없이 작아지는 노인의 몸처럼

작아지기만 했다

비누는 그런 자신을 멈추고 싶었다
눈에 보이는 깨끗함을 갖고 싶었을지도 모른다

사람들은 계속해서 손을 씻었다

비누는 사람들을 보며
자신의 끝에 대해 생각했다

버려지다와 사라지다 사이에서

내가 나를 기억하면
죽어서도 내가 지속될 것이라고

비누는 물속으로 뛰어들어
스스로 사라지기를 택했다

감춰지지 않는 것들의 목록

사람들은 소중한 것에 비닐을 씌워

그랬는데
찢어진 비닐이 날아다니고

영혼이 갇혀 있는 것 같지 않니

벗어나려 할수록
갇히게 되는

누군가를 기다리는

세상으로부터
서로를 지키려면

비닐이 되어야 했다

온 힘을 다해

붙잡아두어야 한다

너와 눈을 마주치며 생각했다

맑고 비어 있어
금방이라도 깨질 것 같은데

빛을 봐도
눈동자는 어두워지기만 한다는 것

그런 눈으로 서로를 봐야 하는데

바라본다는 말은 잠시나마 내가
너여도 된다는 것 같고

몸을 분리하면
가라앉은 기억들이

쏟아져 나올 것이다

여전히 불투명한 세계

너를 알아갈수록
나는 투명해져 가는데

이제는 없는 사람의 이름처럼

서로 감싸며 살아가는 우리
서서히 사라지는 우리

깨끗하던 비닐이 더러워졌다

한 시절이 지나갔다고 말해보았다

흩어진 마음

햇볕이 뜨겁게 쏟아지고
발자국에 밟힌 풀이 바짝 말라간다
풀을 죽인 적이 있는 것 같다

아이들은 거대하고 울퉁불퉁한 원이 되어
풀 위에 앉는다

도시락이 없는 아이들은
젓가락을 들고 돌아다닌다
젓가락이 도시락이라고

한 아이가 음식이 흐트러졌다고
울기 시작한다
제자리를 지키지 못한 음식이
아이를 울린다

흐트러진 음식은
꼭 흩어진 마음 같다

돌려놓아도 돌려지지 않는

나무에 기대서 눈을 감으면
누군가 귓속으로 들어온다
집중하면 소리를 내고 떠나간다

아무도 나를 버린 적 없는데
버려진 것 같다

떨어진 나뭇잎들은 서로의 몸을
감싸고 있는데

도시락을 쓰레기통에 버리고 나면
배가 부른 것 같다

버려진 도시락에서는
도시락을 싸는 엄마의 뒷모습이 보인다

왜 자꾸 도시락을 싸주는 걸까
부탁한 적도 없는데

뒤를 돌아보면
아무도 없고

바람이 불자 도시락 위로 모래가 쏟아진다
아이들은 소리를 지르고
나는 눈을 감는다

다행이야

먹는 것만 봐도
배부르다는 엄마의 마음을
여전히 이해하지 못한 채

웅크려 앉아 있으면
내가 도시락이 된 것처럼 느껴진다

내 몸을 담을 수 있는 사람은
나밖에 없다는 게 신기해

몸을 웅크려도
소리는 더 크게 빠져나가고

죽은 벌레들은
동그랗게 몸을 말고 있다

침투

물속에 잠겨 있을 때는 숨만 생각한다
커다란 바위가 된 것처럼

아무것도 하지 않아도
손바닥으로 물이 들어온다

나는 서서히 빠져나가는 물의 모양을
떠올리고
볼 수 없는 사람의 손바닥을 잡게 된다

물결은 아이의 울음처럼 퍼져나간다
내가 가지 못한 곳까지 흘러가면서

하얀 파동은 나를 어디론가 데려가려 하고

나는 떠오르는 기포가 되어
물 위로 올라간다

숨을 버리고 나면

가빠지는 호흡이 생겨난다

무거워진 공기는 온몸에 달라붙다가

흩어져버린다

물속은 울어도 들키지 않는 곳

슬프다는 말을 하지 않아도 모든 걸 지워준다

계속해서 투명해지는 기억들

이곳에는 내가 잠길 수 있을 만큼의 물이 있다

버린 숨이 입안으로 들어오려 한다

풍선

숨을 쉬는 것처럼 공기를 뱉어버린다

숨을 받아먹은 풍선은 점점 커지다가
나보다 커져버린다

풍선을 불 때마다
어항 속에 살던 금붕어를 생각한다

수면 위로 떠오른 금붕어를

당신은 금붕어를 변기에 버렸고
어린 나는 눈을 감고 울음을 터트렸다

기포처럼 한순간에 사라져버리는

너는 죽음도 쉽게 잊어버릴까

아가미를 벌린 금붕어를 생각하다가

부풀어 오른 풍선이 터져버렸다

그것들이 모두 숨이 될 거라고 믿었다

곧이어 누군가 태어날 것 같다

관찰

축소된 사과나무. 유리병 안에서 기울기 시작합니다. 일정한 간격을 둔 사과나무들이 간격을 허물며 서로에게 가까워집니다. 수평을 맞추기 위해 그곳에 지지대를 받칩니다. 사과나무는 바로 세워지지만 감당할 수 없을 때마다 다시 기울어질 것입니다.

사과나무 각자에게는 이름이 있었습니다. 이름이 생기자 그들에게는 마음이 생겼습니다. 어떤 사과나무는 너무 많은 사과를 견디다 쓰러져버리고, 어떤 사과나무는 사과를 자신에게서 버리기 시작했습니다. 버리면 사라지는 줄 아는 인간들처럼. 자신이 만들었지만 자신의 것인 적 없던 사과를 떨어트립니다.

폭설처럼 바닥에는 사과들이 쌓여갑니다. 차가운 손가락으로 썩은 사과를 꺼내 먹습니다. 불타버린 짐승의 몸에서 적당히 익은 부분을 발견하는 인간의 모습으로.

무심코 집어 든 사과를 들여다봅니다. 자신이 파먹은 구멍 속에 숨어 있다 끝내 죽어버린 벌레가 그곳에 있습니다. 징그럽고 슬픈 벌레. 자꾸만 죽어버리는 벌레. 입을 열면 그런 벌레들이, 이름이 생긴 사과들이 튀어나올 것 같습니다. 썩은 채로 영영 자라나던 사과나무들이 그것을 바라볼 것 같습니다.

축소된 사과는 뼈처럼 단단하지만 입안에서 살처럼 말랑해집니다. 썩은 부분이 가장자리를 썩게 만들 때까지 유리병 밖의 인간들은 썩은 사과의 맛을 알지 못하고. 반쯤 그을린 얼굴로 사과의 썩은 맛과 썩은 사과의 맛에 대해 생각합니다. 소진되지 않고 계속 생겨나는 사과에 대해.

비워내기

오래된 물건에서는 비린내가 난다
목이 잘린 뒤에도 목걸이를 건 귀신을 보며 생각했다

깨지기 쉬운 것을 사랑했지 깨지는 순간이 되면 온몸을
다해 조각나는 광경을 더는 손에 쥘 수 없는 작은 유리컵과
이어 붙일 수 없는 뾰족함

빽빽하게 솟은 수풀 속에 숨어 하루를 보내는 동물들과
사람의 몸을 한순간에 먹어 치우는 동물들 도망가는 동물을
쫓는 사냥꾼들

지옥이란 건 몸을 가진 존재들의 공간이야
몸이 사라지면 다음도 없어

나는 속을 갈라낸다

활활 타서 사라지거나
아무것도 없는 몸 중에

하나를 택하는 방식으로

내장 속에는 전부 다 잊었다고 생각했던 기억 소화되지 않은 슬픔 내 것이 아니라고 믿었던 기쁨이 있다 비워둔 내장이 구석에 쌓여가고 내장과 내장이 쌓여 몸보다 커져가는 것을 본다

안에 남은 게 없을 때까지

비워내고 비워낸다

무엇도 나를 인식하지 못할 때까지

원래의 공원

공원을 채우던 풍경이 지워지고 있다

아무렇지 않게 지나가면
아무렇지 않은 것이 될 텐데

왜 지나갈 수 없을까

지난 계절에 사랑했던 것들을
모두 잊어버렸으면서

눈앞에는 헐렁한 외투를 입은 아이 주머니에 넣어둔 사
탕을 떨어트리고 그것을 따라다니는 작은 새들

막다른 길에는 아이와 작은 새만 남게 되겠지

기쁨은 떨어질 수 있지만 다시 주울 수 없다는 걸 아이는
알게 되겠지

떨어진 나뭇잎이 흩날리고

나무는 원래라는 말을 이해할 수 없다

끝이 끝을 데려오듯

썩은 나뭇잎에서 벌레가 태어나고

공원은 거대한 외로움을 견디고 있다

인조세계

사람 같은 인형이 의자 위에 앉아 있다 찻집에 앉아 그것을 본다 모든 것은 사람의 손으로 만들어졌단다 지문 없는 손으로 인형을 가리키며 노인은 말한다 몸보다 큰 의자를 싣고 때 묻은 인형을 들고 저곳으로 걸어 나간다

사람 같다고 말해도
결코 사람이 될 수 없는 것
사람처럼 여겨지다 사람에게 버려지는 것

찻집에는 대나무가 덩그러니 놓여 있다 손을 뻗어 만지려고 하자 찻집의 주인은 그것이 인조 대나무라고 한다 만져본 인조 대나무는 매끄럽고 단단했다 진짜 대나무를 만져본 적 없지만 진짜 같다 사람의 손길 없이도 죽지 않아 들여놓았다고 한다 사람이 살아 있는 것을 죽인다는 사실에서는 탄 냄새가 난다 공간을 가득 채워도 공간이 될 수 없는 것 사람이 만든 것에도 진짜와 가짜가 있다면 기꺼이 가짜를 믿을 것이다

피 흘리는 짐승처럼 저편에서 피 흘리는 식물을 본다 다친 식물은 피를 뚝뚝 흘리다 멍들고 멍은 서서히 옅어지다 사라지고 끝내 사라진 식물은 없던 일이 될지도 모른다

잎과 줄기를 달여 만든 차가 식어간다
미지근한 비가 내린다

찻집 구석에는 누군가 놓고 간 우산이 빼곡하다 구석이라는 말처럼 그 자리에는 늘 버려진 것들이 가득하다 비와 비를 피하는 사람들 무늬로 새겨질 때 우려진 찻잎이 가라앉는다 스스로 가라앉는 마음처럼

의자 위에 걸쳐놓은 코트가 바닥 위로 떨어지고 코트는 점점 사람의 자세를 닮아간다 겨우 사람이 되려고 한다

언덕의 모양

끝을 기다린 적은 처음이었다
끝없는 모래 언덕을 오르고 있었다

사람은 같은 일을 겪어도 다른 장면으로 각자의 기억을
갖게 된다는데 우리는 어떤 모양으로 오늘을 기억하게 될까
언덕의 모양이 바람을 따라 바뀌는 동안 서로 같아질 수 없
다면 철저히 달라지고 싶다고 너는 말해주었지 같다는 것은
서로의 다름을 사랑할 수 없는 것이라고

그렇게 말하자 가까워지는 발자국들 스쳐 가는 얼굴들
모든 기대가 허무하듯 아름다운 풍경을 보고 있으면 모든 게
금방이라도 사라질 것 같았지

언덕 위에 가만히 누워 사람이 내려가고 올라오는 것을 지
켜보았다 이렇게나 다른 사람들이 저렇게나 비슷해 보여서

올라가고 싶은 마음과 달리 언덕은 언제나 내려가기 좋
은 모양이었다 돌아가는 길에는 싫어하는 것들도 이상하게

아름다워 보였다 다시는 볼 수 없다는 생각이 언덕을 만들어

낸 것 같다

어떤 사랑

언니와 나는 사람으로 있다

전생에 무슨 잘못을 했길래
사람으로 태어났을까

기억나지 않는 시대로 가기 위해
눈을 감는다

뭐가 보여?
아무것도 안 보여

그것이 우리의 전생이라는 듯이

너는 어떤 사람이 될래
어떤 사랑이
될래 나는

사랑한다고 말하면

사랑이 사라지는 것 같으니까

마음대로 살고 싶다고 말하자
마음은 볼 수 없는 것이라고 언니는 대답한다

이럴 때면
감정이 없는 사람 같다가도
감정을 잘 아는 사람 같아서 슬퍼진다

우리는 전생을 찾아다니다 잠들어버리고
꿈속에서는 모르는 사람과도 사랑했는데

깨어나면 아는 사람만을 미워한다

여전히 언니는 잠꼬대하고 있다
꿈속을 벗어나고 싶지 않은 것처럼

사랑 아닌 것들

예고 없이
누군가 문을 두드린다

안과 밖에서는 같은 소리가 난다 몸과 마음이 하나로 연결
되어 있듯이 영원히 나는 안과 밖을 벗어날 수 없을 것 같다

문밖에는 바구니를 들고 있는 남자가 서 있다 그는 다정
한 목소리로 내게 어떤 게 보이냐고 묻는다 작은 개가 그를
향해 짖고 그것은 두려움일 것이다

텅 빈 게 보입니다

그는 나를 아는 것처럼 웃고 있다
속을 알 수 없는 낯선 얼굴로

멈춰 있는 그림자와 그는 하나가 된다

바구니에는 사랑이 담겨 있다고

너무 많아서 나눠주기 위해 왔다고 한다

그런 사랑이라면 쉽게 사라질 것이다

여전히 그는 나를 기다리고 있다
줄 것도 받을 것도 없는데

문을 닫자
그는 또 다른 집을 향해 걸어간다

어쩐지 그의 바구니에는 사랑 아닌 것들만 쌓일 것 같다

빛

하얀 침대가 있다
눈을 뜨면 병을 찾아내는 의사가 왔다

그럴 때마다 죽어가는 것 같다

식물은 물과 햇빛을 받으며 자라났다
병은 그렇게 자라났을 것이다

사람들은 웃으면서 병실로 들어오고
누워 있는 사람들은 내내
같은 표정을 짓고 있다

모르는 사람의 목소리가 들리면
그 사람을 알 것 같아서
귀를 막았다

창문으로 빛이 들어오면 얼굴이 비쳤다
깨진 거울을 보는 것처럼

계속해서 바라보면

빛이 빠져나갔다

얼굴이 사라졌다

먼 곳으로

빛을 따라가면 병원 밖이다

돌아누워서 커튼을 바라봤다

돌아설수록

커지는 것이 있고

내내 누워 있는 법을 알고 있었다

얼굴들

상상 속에서 나는
그림을 잘 그리는 사람이었는데

머리로 할 수 있는 일과
손으로 할 수 있는 일이 달라서

지금은 어떤 것도 그리지 못한다

잘못 그린 그림은 찢지 말고
조금씩 지우면서 그려보라고 말해 준 사람

그렇게 하다 보면
잘못된 것도 고칠 수 있다고

새로 그린 그림보다
오래 그린 그림이 좋아졌을 때

내게서 지워져버린 사람

그건 잘못 그린 것도 아니었을 텐데

눈을 감으면
떠오르는 사람들

그리려 하지 않아도
자연스럽게 그려지는

과거의 얼굴들

지우려는 마음과는 다르게

텅 빈 도화지 앞에서는
무엇이든 그릴 수 있다

사람은 모르고 새들만 아는 것들

아무도 없는 버스를 운전하는 기사. 내리는 사람도 없고 기다리는 사람도 없지만 계속해서 멈추는 버스. 텅 빈 가게를 서성이는 고양이와 더러워진 물. 힘없이 쓰러져가는 건물. 사람들이 모두 사라진 것 같은 오후. 도로를 지나가는 장례차. 누군가의 한 시절이 빠르게 지나가는 것. 힘차게 걸어가지만 누구에게도 보이지 않는 사람. 무언가를 찾고 있지만 아무것도 찾지 못하는 사람. 잃어버린 물건이 누군가를 기다리는 일. 버스가 버스를 지나가고 사람이 사람을 지나가는 풍경. 한곳에 모여 있던 새들이 전부 날아가는 순간. 사람은 모르고 새들만 아는 것들

2부
흩어진 채 하나가 되어

건설된 영원

사람들이 모두 떠나자 도시는 유령이 되었다

죽은 적 없는데
유령이 될 수도 있구나

도시는 사람처럼 생각했다

그날 이후로
남겨진 건물과 도시는
친구가 되었다

서로가 서로에게 유일한 존재들이었으므로

도시는 어떤 이유로
사람들이 떠났는지 몰랐지만
그들을 기다리는 자신을 발견하게 되었다

빠져나간다는 건

다시는 돌아올 수 없다는 뜻이었다

흔적만 남은 도시는
흔적을 지우기 위해 곳곳을 치웠고
그럴수록 사람들의 흔적은 더욱 선명해졌다

자신에게서 지울 수 없다는 듯이

창문에 묻은 지문처럼
이곳에 있지만 없는 것처럼

물에 잠겨 사라질 것이라는
어느 섬의 이야기처럼

도시는 사람들의 기억 속에 잠겨
자신이 사라질 지도 모르겠다고 생각했다

건설만으로는 영원할 수 없다는 듯이

도시가 모두 떠나면 사람들은 유령이 될까

건물은 완전한 어둠 속에 있었고
도시는 유령이 되어 떠돌고 있었다

갇힌 사람들

사람들이 입장한다
그때부터 영화는 시작된다

거대한 스크린을 지나가는 사람들은 영화 속 인물처럼
보인다 각자의 자리를 찾아가는 모습은 영화 속 인물들이 사
라지는 일과 비슷하고 서로를 찾아다니다 서로에게서 멀어
지는 이야기처럼 좌석에 앉아 거리를 두고 스스로 어두워지
는 법을 배우게 된다

영화 속 주인공과 그의 엄마는 달리는 차 안에 있다 시골
작은 별장에서 좋은 시간을 보내려고 한다 주인공은 하고 싶
은 말이 있지만 아무도 듣지 않는다 그런 자신의 마음을 표
현하기 위해 달리는 차에서 뛰어내린다 도로 위를 구른다 한
쪽 팔이 부러진다 그날 이후로 주인공은 부러진 팔로 기도하
고 다른 팔로는 누군가를 저주하는 법을 찾는다

반복적으로 들리는 숨소리가 영화관을 채우는 동안 영화
속 인물들은 서로의 숨소리를 듣는다 작은 방 안을 가득 채

우는 숨소리를 들으며 아직은 살아 있다고 영화가 끝나도 그
들은 죽지 않을 텐데

잊고 싶지 않은데 잊히는 장면과
잊고 싶은데 잊히지 않는 장면 중에 나의 것은 무엇일까

엔딩 크레딧이 올라가고
무언가를 기억하려는 듯 계속해서 앉아 있는 사람들
나란히 앉아 그들의 뒷모습을 읽는다

드라이브

죽은 사람을 찾는 벨소리가 울려 퍼지고 우리는 아무도
없는 곳을 찾아다녔다 어둠이 익숙해질 때쯤 창문을 바라봤
다 지나가는 사람들은 죽은 사람을 보면 어떤 표정을 지을까

반드시 증거를 지워야 해

아무도 없는 곳은 없다는 것을 우리는 알지 못했다

속도를 높일 때마다 죽은 사람이 움직이고 나는 움직이
지 않으려고 온몸에 힘을 준다

죽은 사람은 나를 바라보고 있었다
팔꿈치로 밀어도 고개는 다시
나를 향했다

얼굴이 제일 무서워
아직도 표정을 가지고 있어서

에어컨을 세게 틀어도 몸은 뜨거워졌다 죽은 사람은 점점 차가워지고 있는데

길가에 차를 세웠다

죽으면 이곳을 벗어날 수 있다고 말한 사람과 죽어서도 이곳에 있는 사람이 동시에 떠올랐다

해변으로부터

검은 모래가 반짝이는 밤의 해변에서

우리는 빛을 등지고
하나의 어둠이 되어간다

가까워서 자주 싸웠고
사랑 앞에서 지는 것은

언제나 우리였다

거리를 두어야 서로를 더 사랑할 수 있어

그 말을
믿음처럼 되새기며

서로를 용서하기로 했다

멀어지기 위해

먼 곳을 바라볼 때

등에서는 모래가 쏟아지는 것 같고

밀려들다 서서히
멀어지는 파도는

가지 말라고 붙잡는
누군가의 손 같았다

사방에 모래가 있는데
손에 쥔 모래를 지키고 싶은 마음

일렁이는 바다에는 함부로 들어가지 않는다

목 뒤만 까맣게 타서
얼굴만 떠다니는 것 같은 사람

한 사람이 사라지는 과정을
본 것처럼 아득하다

밤에는 모든 풍경이 간결해진다

조금의 조금

산장을 향해 걸어갔다. 고개를 들면 하늘이 닿을 것 같은 곳이라고 했다. 본 적도 없는 산장은 상상하면 상상할수록 이 세상에 없는 곳처럼 느껴졌다. 멈추지 않고 걸어갈 때 몸은 무거운 짐이 된다. 버리고 싶어도 버릴 수 없는 몸을 견디고 있었다. 낙엽을 밟을 때마다 부서지는 감각에 익숙해졌다. 속도를 맞추어 걷던 아이들은 멀리 흩어진다. 각자의 길을 만들어 내는 듯이. 걸음을 멈추는 순간 다음 걸음은 더 힘들어졌다. 알면서도 자꾸만 멈추게 되었다. 조금만 가면 돼. 그렇게 우리는 조금을, 조금의 조금을 만들어 냈다.

천사의 노래

잠들기 직전
당신은 천사에 대해 말해주었다

귓가에 대고 노래를 불렀어 허밍으로만 이루어진 노래는
가깝고도 먼 소리가 되었지

금방 잊혀 따라 부를 수 없었지만 듣지 못하는 소리를 상
상하며 당신의 말을 믿고 싶었다 지어낸 이야기라고 해도 천
사가 있을 만한 세상을 알고 있으니까

믿어보려고 했지

어느새 창백한 얼굴로 잠든 당신
모든 빛을 잃어버린 것 같을 때
견딜 수 없어진다
사랑 뒤에 숨겨 둔 슬픔을 본 것 같아서

이럴 때는 사랑이라는 것을 모르고 싶어

서로의 꿈속에 들어가 처음부터 다시 시작해
내 안에 있는 당신을 지우고 당신 안에 있는 나를 지우고

작은 입에서 빠져나오는
커다란 울음소리

당신의 몸은 오래된 악기 같다
어떤 소리도 슬프게 연주되는

반복되는 슬픔
약간의 슬픔은 거대한 슬픔을 위한 연습이 되고

어쩔 수 없는 일이 벌어진 날에는
당신이 말해준 천사의 노래를 떠올렸다

들은 적 없는데 들으면 알 수 있을 것 같은

기억 창고

벌이 잘 드는 곳을 찾아 돗자리를 펼치고 그만큼의 자리를 갖는다

햇빛이 많아 인상을 찌푸릴 때
사람들은 타들어 가는 것 같고

너는 민들레를 꺾어 입김을 분다 먼 곳으로 가라고 우리는 홀씨만 남은 모습으로 민들레를 기억했다 죽기 직전의 모습이 오래 기억되는 것처럼

날아가는 건 시작인데 왜 끝인 것처럼 느껴질까

빨리 자라는 식물은 줄기 속이 텅 비어 있대
사람은 텅 빈 마음을 채워야 자랄 수 있는데

채우고 채워도
빠져나가는 게 마음이라서

가끔은 뿌리를 꺾어도

죽지 않는 식물이 된 것 같지

바람을 타고

날아가는 가벼움에 대해

우리는 영영 알 수 없겠지만

희미한 기억을 모아 한곳에 두면 한 사람을 만들 수도 있

을 것이다

나무의 안부

마을에는 거대한 나무가 있었다.

사방으로 뻗은 나뭇가지는 허공에 멈춰 있어 어딘가로 가려다 포기한 것처럼 보였다.

그늘에 앉아 있으면 서늘함에 놀라게 되지. 멈춰 있는 것들은 말없이 사람을 견디고 멈춰 있는 것을 견디지 못하는 사람들. 그늘이 어떤 움직임을 감춘지도 모르고.

마을을 돌아다니며 나무에 관해 물으면 나무가 마을을 지켜주는 것 같아요, 모두가 같은 말을 반복했다. 주민들이 나무를 지키고 있는 것 같다고 생각했다.

나무보다 오래 산 주민은 없었기에 나무는 누구보다 마을에 대해 잘 알고 있었다. 마을에서는 서로의 안부를 묻는 대신 나무의 안부를 물었다. 마음을 쓴 만큼 돌려주는 건 나무밖에 없다고.

다시 나무가 있는 곳으로 돌아갔을 때는 나무보다 큰 어둠만이 내려앉아 있었다.

　그 어둠에 대해 아는 사람은 아무도 없었다.

장난 짓

    누구든 들어갈 수 있지만 누구도 들어가지 않는 집. 발길이 끊긴 공간에는 언제나 유령이 머문다. 수화기 너머로 들리는 목소리 꺼졌다 켜지는 전등… 우리가 유령의 짓이라고 믿는 것들. 서로를 불신하는 인간들의 짓이라는 것을 안다. 제자리에 있는 물건은 버려진 물건이 된다. 단지 인간이 떠났다는 이유만으로. 집의 내부는 언제나 인간에게 달렸다는 거. 이상하지? 깨진 창문 사이로 바람이 불어온다. 외면할수록 커지는 쓸쓸함이 되어. 존재하지 않는다고 믿었던 게 눈에 보일 때 또 다른 세계를 보는 눈이 생기는 거야. 외로움이 넘치면 유령이 되곤 하니까. 가진 건 이름뿐인 유령을 부른다. 여전히 유령은 나의 이름을 알지 못한 채

아침

인형들은 쓰레기장에 모여 지난밤 꾸었던 꿈에 관해 이야기합니다. 같은 곳에서 자도 꿈속에서는 만날 수 없어서 언제나 외로움에 대비하고 있었습니다. 꿈속에서 인형들은 자신을 버린 주인을 봤다고 말합니다. 자신을 버린 이유와 자신을 만든 이유에 대해 생각하며 자꾸만 외로워집니다. 다시는 인형으로 태어나지 않을 거라 다짐합니다.

다른 이의 꿈속에는 들어갈 수 없었으므로 그들이 정말 꿈을 꾸었는지는 알 수 없었습니다. 다만 어떤 것을 보고 들었는지 듣고 있었습니다. 거짓과 꿈은 누군가 말하기 전까지는 알 수 없었습니다.

모든 건 왜 꿈이 되는 걸까요.

좋은 꿈을 꾸라고 말하면 인형들은 좋은 꿈을 떠올렸습니다. 좋은 미래가 오면 좋겠다는 마음. 인형들에게는 모두 그러한 마음이 있었습니다. 잠자는 동안에도 사물을 보고 소리를 듣는 게 얼마나 무서운 지에 대해. 세상에 없는 존재를 만났던 일에 대해 말하는 인형은 없었습니다.

형체는 사라지고 기억만 남는 게 무섭다는 인형의 말을 기억합니다. 꿈을 꾸지 않는 날에는 꿈을 기다렸다는 인형… 잠이 꿈이 되어버리는 건 두렵습니다. 꿈을 꾸지 않는 인형들이 꿈처럼 멀어지는 동안 꿈에서 깬 사람들이 터벅터벅 이곳으로 걸어옵니다.

아무도 아닌

사람들은 우산 대신
귀신을 쓰고 걸어 다닌다
몸이 젖지 않기를 바라는 마음으로
때로는 마음이 젖지 않기를 바라는 몸으로

귀신이 비를 막아준다고 믿었던 거지
사실은 비를 맞는 둘이 되었던 건데

물에 빠져 죽은 귀신은
비가 오지 않는 날에도 젖어 있어
이제는 물속이 아닌데도
물을 뚝뚝 떨어트리며 그늘에 서 있었다

매일 축축해서
비가 오는 날을 좋아해

모두 젖어서 외롭지 않다고 귀신은 중얼거렸다

곳곳을 떠돌며
사람 주변을 맴돌며

빗물이 떨어지는 곳마다
빈 바구니가 놓여 있고

그곳에서
빗물은 하나가 되어 있다

보이기 위해서는 바구니가 필요해

귀신은 버려진 바구니를 찾아다녔다

사람들은 더러워진 물건을
쓰레기장에 버리고 있었고

버리는 물건마다 귀신들이 달라붙었다

죽어서도

버려지는 장면을 보고 있었다

3부
내가 점차 투명해질 때

멈춰버린 인간들

몸은 자라기를 멈추었다

인간들은 더는 커지지 않는 몸을 두려워하고
나는 커지기를 기대하는 인간들을 두려워한다

영원히 그대로인 몸을
이해할 수 없어

어떤 이들은 몸에 상처를 내기도 한다

몸이 자라지 않는다는 사실만으로
지구는 멈춰 있는 것 같고

살아 있는 인간보다 죽어버린 인간이
살아 있는 것처럼 보인다

지구에는 아무도 없다
아무도 없는 것 같다

사실은 알면 알수록 거짓 같은 것
온 힘을 다해 부정하고 싶다

인간을 사랑하는 일에는 왜 고통이 수반될까
누군가는 내게 물었고

물어야 했고

물음처럼
답이 없는 채로

지구에 나를 남겨두었다

일종의 기록이 되어
내가 나일 수 있게

그대로 있다는 말은 오랫동안 쓸쓸했지

통증처럼 미래가 온다

천천히 망가져 가는 기분

인간들은 언제나 그대로였다
몸은 누구의 것도 아니었다

휴의 형태

내가 나에게서 멀어지려면
삼인칭 시점으로 생각하면 된다

인간의 마음과 다르게 휴는 자신의 일을 삼인칭 시점으
로 받아들였다 휴는 어떤 일을 겪어도 크게 슬퍼하거나 기뻐
하지 않았다 누군가 겪은 일에 대해 말하는 것처럼 보였다

로봇에게는 각자의 방이 있었다 마음대로 나갈 수 없게 방
문은 자물쇠로 잠겨 있었다 로봇들이 온 힘을 다해 문을 부
수려고 할 때 휴는 문을 지키려고 했다 배우지 않은 방식으로

모두 부서질 것이다

방 안에는 작은 창문이 있었다 그것이 유일한 풍경인 방
에서 휴는 밤마다 창밖을 바라보았는데 그곳에는 거대한 나
무가 있었다

나무 위에서 새는 둥지를 틀고 있었다 어미 새가 새끼 새

를 지키고 있었다 작은 생물이 더 작은 생물을 품고 있는 모습을 몸의 형태로는 서로에게 다다를 수 없음을 말라가는 어미 새의 몸을

휴는 바라보고 있었다
어미 새가 가만히 앉아 주변을 경계하는 동안

그는 슬픔을 느꼈어요

휴는 웃는 얼굴로 자신이 본 슬픔을 내게 들려주었다 나는 그것이 무서움이라고 답해주었다
그것은 느낌일 뿐이라고

쓰리디 생활

인간은 인체를 구성하는
좋은 재료를 준비해 온다

열등한 유전자는 유전될 수 없으므로

망가지지 않게
견고히 쌓아주세요

프린터기에 재료를 넣자
원하는 대로 구성된 아이가 태어난다

우리는 언제쯤 고장 날까

아이를 의뢰한
두 인간이 속삭이고

외로운 인간들은 동물을 프린팅한다

사료를 먹지도

짖지도 않아서

인간은 프린팅된 동물을 선호했다

움직이기만 하면

살아 있는 거라고

어느 순간부터

아이가 실종되는 사건이 늘어났다

잊어버린 건지도 모르겠어요…

멀리서 지켜보던 인간이

아이를 다시 프린팅하고

여기 있었어요!

프린터기를 보며 소리친다

아이에게서
새로운 냄새가 나는 줄도 모르고

단순하고 복잡한 형태의 세계

레고에게는 힘이 있다

서로 붙잡고 있어야
무너지지 않는

단단한 형태의 사랑이라고 불러도 좋겠다

사람은 손을 잡아도
하나가 될 수 없는데
함께한 적 없는 것처럼

잘못 끼운 레고는
어디서부터 어디까지 잘못된 건지

처음이 어딘지도 모르면서
처음부터 다시 해야겠다고 말한다

레고를 무너트리면

쌓아 올린 마음까지 무너져버리고

떨어진 레고를
하나씩 집는 아이

어떻게 해보겠다는 듯이

무너트리고
쌓는 일을 반복하면서

무너지는 것에 익숙해지는
아이의 얼굴을 본다

기억력

　여자는 화분에 물을 주고 있었다 어릴 때부터 키우던 식물은 계속해서 자라났다 몸보다 크게 자라나서 사람처럼 보이기도 했다 식물을 볼 때마다 여자와 남자가 싸우던 날이 떠올랐다 남자는 소리를 지르며 여자가 아끼던 식물을 손으로 뜯어버렸다 반으로 뜯긴 식물은 죽지 않고 더 잘 자라났다 여자는 아무렇지 않게 식물에 물을 줬다 남자는 그 식물이 예쁘다고 말했다 나만 그 순간을 기억하고 있었다

신선하고 선선한

당신은 너무 더워서
냉장고에 들어가고 싶어한다

차가운 곳에 오래 있으면
여름을 그리워하게 되고

주문처럼 그렇게 될 것이다

냉동실에 갇힌 사람이
가장 더운 날을 상상했다는 이야기

상상하는 것만으로
체온이 올라가는 것 같았대

냉장고를 여는 당신은
차갑고 환한 얼굴로

나를 본다

기뻐할 때도 그렇게
밝은 얼굴이 아니었는데

해야 할 일처럼
쌓여 있는 재료들

사람의 머릿속도 분명 이럴 것 같아

처리할 수 없는 감정을
쌓아둔 채로

영원히 모르고 살아가겠지

모든 걸 신선하게
유지할 수 없는 몸은
고장 난 냉장고 같다

나는 제대로 보관할 수 있는 몸을
가지고 싶었지

늙지도 죽지도
않는 몸을

이제 당신은

춥다고 냉장고를 닫고

금세 어두운 얼굴이 된다

사라져도 좋을 마음

그는 손을 버리기로 결심했다

어릴 때부터 그는 자신의 손을 버리고 싶었다 어른들은 통통하고 굵은 손을 보며 복이 많은 손이라고 했다 복은 행운이자 행복이었다 그에게 손은 복과는 거리가 먼 것이었다 자신과 가족들을 때리던 아버지의 손과 닮았고 아버지가 죽은 이후에도 자신의 손을 바라보면 죽은 아버지의 얼굴이 아버지의 손이 자연스레 떠올랐다

그는 손을 버리고 싶은 이유에 대해 말하지 않았다 사람들은 자신의 마음을 알지 못할 것이라는 이유 때문이었다 언젠가 그는 손금을 읽어주는 사람에게 찾아가 자신의 손금을 보여주었다 누군가의 손을 오랫동안 들여다본 사람에게 자신의 손에 관해 묻고 싶었다

손과 손금은 다른 것이었다 손바닥의 살갗에 줄무늬를 이룬 손금 누군가에게는 그저 금일 뿐인 손금 이어질 듯 이어지지 않는 손금 손금은 지울 수 없는 것이자 지워지지 않

는 것이었다

선이 길게 이어져 있어요
오래 살 수 있다는 뜻이에요

손금을 읽어주는 사람은 그의 생명선이 길다고 했다 장
수할 수 있는 좋은 손금이라고 그는 오랫동안 살고 싶지 않
았다 그저 자신의 삶이 마음에 들지 않아 손을 통해 자신의
삶을 바꿔보고자 한 것이었다

손을 버리면 또 다른 손이 생겨날 것이라는 믿음으로
그는 자신의 손을 버리고 갔다

알 수 없는 기분은 알 수 없는 표정이 된다

차례로 들어오는 사람들
그 뒤에 숨어 있었다
누군가의 그림자가 된 것처럼

죽은 사람을 만나본 적 없어서
어떤 표정을 지어야 할지
알 수 없었다

액자 속에서 웃고 있는 사람과
그 앞에서 울고 있는 사람들

이곳에는 어떤 표정이 어울릴까

고개를 숙인 채 낮아지는 사람들
죽은 사람은 정면을 바라보고 있는데

나는 피하지 않고 눈을 마주치고 있었다

슬퍼하는 사람들의 표정을 따라 해도
슬픈 마음이 될 수 없고

표정은 계속해서 전염된다

어깨를 토닥이는 사람들
등을 돌리면 떠나간다

떠나가지 말아요
남겨지는 건 지겨우니까

어제 죽은 사람은
오늘 죽은 것처럼
액자 속에서 웃고 있는데

죽은 사람은 기다리는 법을 알고 있을까

이곳을 벗어나면

알 수 없는 기분으로

내일을 살아갈 것이고

가끔은 죽은 사람의 표정을

따라 해볼 것이다

아무도 없는

　아무도 없어서 너는 가장 밝은 곳을 찾아다닌다 너는 이제 가장 밝은 곳이 가장 무섭다는 것을 알게 된다 변기에 앉아 있으면 자연스럽게 눈물이 난다 버튼을 누르면 눈물이 흘러가고 물이 채워지면 모든 게 없었던 일이 된다 모든 게 이런 식이야, 너는 속삭인다 곧 갈 거라는 말을 당분간 가지 않을 거라고 읽으면서 기다리다 보면 보고 싶다는 마음이 생겨서 두려워진다 누군가 숨어 있을지도 몰라, 소리를 지르자 혼자인 게 더 선명해지고 구멍이 생길 것처럼 천둥이 친다 어디 있는지 모를 개들이 짖고 너는 점점 커지는 소리를 듣는다 무서움은 증폭되는 것이다 번개에 맞은 사람을 선택받은 사람이라고 생각하다가 그런 일에는 슬퍼해야 한다고 너는 생각을 고친다

천천히 녹아가는

사람이 녹고 있다는 걸 아무도 의심하지 않는다. 몸에서 흐른 땀이 얼음 위로 떨어지면 얼음이 녹는 것처럼 보였다. 얼음 위에서 사람들 하나 둘 넘어지기 시작한다. 바닥만 바뀌었는데 모든 게 바뀐 것처럼. 넘어지지 않기 위해 천천히 걸어가도 몸은 원하지 않는 곳을 향해 간다. 누군가 넘어지자 무언가 깨지는 소리가 들린다. 조각 난 얼음은 녹기 좋은 모양이 되겠지. 그 위에서 천천히 녹아가는 사람과 손을 잡고 함께 넘어지는 사람들. 모든 게 금방이라도 조각 날 것 같다.

출입

언제까지 자라날 거니 시들면 벗어날 수 있는데

손이 닿지 않는 곳에서
버티고 있는 꽃이 있어

혼자 있기를 좋아해도
혼자가 되고 싶은 사람은 없겠지

그곳이 아무것도 없는 곳이라면

물을 주려고 화단으로 들어가면 꽃보다 꼿꼿한 자세가
되어가
발밑에는 밟혀버린 꽃들이 있고

나로 인해 자라나지 않는 꽃이 생기는 건 슬픈 일이지

주위를 맴도는 벌은
투명하게 나를 가둔 채로

계속해서 움직이고

잘못을 들켰을 때 이런 기분이 들어

화단에는 꽃보다 껌이 많았다
껌을 기르는 사람은 없지만 사람의 입에서 자라나는 껌
단물을 주면 꽃이 자라날 수도 있겠네

물을 준 꽃은 무거워 보인다
그렇지만 화단을 밟는 내가 무엇을 할 수 있겠니
자연스럽게 죽는 게 가장 좋은 죽음일 텐데

들어가지 마세요

경비원은 나에게로 뛰어온다
오랫동안 나를 기다린 사람처럼

누군가 다가오면 도망치게 되고

나는 납작해진 꽃을 두고 뛰어간다

간다는 느낌이 더 강하게 느껴지게

.

아무도 읽지 못하는 편지

오늘은 백지처럼 아무것도 남은 게 없어

수신자가 없는 편지에는
소리 없는 글자들만 적혀 있고

편지는 받는 사람을 생각하면서 쓰는 거야

너는 말했지만
하고 싶은 말에 이유를 붙이고 싶지 않았다

지우고 지우면서
반듯한 글씨를 적었는데

비뚤어진 글씨가 진심에 더 가까운 것 같다

쌓여 있는 지우개 가루
외롭지 않게 한곳에 모아 버리고

편지를 쓰고 나면

어디론가 가고 싶어진다

헤어짐과 만남을 동시에 하는 기분으로

우리는 같은 글자를 읽을 수 있을까

몸 안에 퍼지는 알약처럼

아득한 일이 되어버리고

너를 생각하면

환청이 되어서라도 와 달라고

적어두었다

dying

오랜 시간 잠들어서
정말 죽었다고 생각했는데

그가 나를 흔들어 깨운다

죽으면 평생 네모난 관에 갇혀야 한대

가장 반듯한 자세로
꽉 찬 어둠을 견디는 거야

　서늘한 얼굴로 손을 건네는 사람이 찾아왔어 다들 도망
가는데 난 도망가지 않았어 데려와 주는 사람이 있다는 게
좋아서 따라가면 정말 끝일 거라 생각했는데

어디로도 가지 못했어
다시 세상에 떨어져버린 거지

다시 죽는 순간이 온다면

눈을 뜨고

사람들의 눈을 보고 싶어

빛이라는 말과 다르게
불탄 것처럼 어둡던
사람들의 눈빛

그 안에 갇힌 것 같던 기분

그건 잊혀지지 않는다

슬리피 블루

　귀신이 사는 집은 낮은 가격으로 인수할 수 있다 귀신보다 사람이 더 무섭다는 것을 알게 된 뒤로 더는 귀신이 무섭지 않다 오래된 가구들을 버리자 빈 곳에는 우울함이 내려앉고 우울함은 감점 요인이다 열리지 않는 문은 열리지 않는 상태로 둔다 열쇠 같은 건 재미없으니까 혼자서 외로움을 치료하던 귀신을 쫓아낸다 바닥을 돌아다니던 바퀴벌레는 청소기에 잡아먹히고 차례로 돌아가는 바퀴벌레는 죽지 않고 계속해서 돌아갈 뿐이다 더러워진 벽을 페인트로 칠한다 슬리피 블루라는 색을 졸린 우울함이라고 읽으면서 깨끗한 집은 외로움을 모르고 집의 구매자는 집이 깨끗해졌다고 믿는다 깨끗해진 집은 두 배의 가격으로 팔 수 있다

벗어나기

줄이 나를 넘기 시작한다

줄이 돌아갈 때마다
모래처럼 흩날리는 얼굴들

누군가를 찾는 듯이
주위를 맴돌고 있는 유령들

수많은 모래알을
모래라고 부르듯이

흩어진 채 하나가 되어 있는 유령들

줄이 빠르게 돌아가고
내가 점차 투명해질 때

찌그러진 캔 안으로 들어가는 모래
서서히 단단한 형체가 되어간다

더는 날아가지 않을 거라는 듯이

일정한 간격으로 뛰며
나는 이 속도에 점점 익숙해지고

허물을 벗듯 몸을 벗어낸다

내가 나를 벗어나
나의 벗겨진 몸을 본다

내 것이지만
내 것이었던 적 없는 몸을

볼 수 있다

시원하구나
벗겨진 몸은

떠나보내도
다시 돌아오는 줄처럼

내가 나를 넘기 위해
온 힘을 다한다

깍지를 낀 손처럼
줄이 나를 쥐고 놓아주지 않을 때까지

4부
남겨진 사람만이
떠나간 사람을 생각할 수 있고

모두 잠들어 있는

옆자리에 앉은 사람이
고개를 흔들고 있다

영혼이 빠져나가는 모습 같다

가만히 앉아 있으면
모르는 사람들과 익숙해진다

나와 나눈 것도 없는데

사람들은 계속해서 문밖으로 빠져나간다

다른 곳을 향하면서
왜 같은 곳에 앉아 있는 걸까

남겨진 사람만이 떠나간 사람을 생각할 수 있고

아무도 보지 않는 창문 위로

떠다니는 낮은 지붕들

저 안에는
또 다른 사람들이 살고 있다
얼굴도 없는 사람들은 건너편이 된다

어떤 사람들은 여행지에 대해 말하고
영원히 그곳에 갈 수 없을 것 같다

기차가 속도를 높일 때마다
몸이 흔들리고
처음 흔들린 것처럼 놀라게 된다

철길 위를 걸어 다니면
또 다른 발이 생겨나고

철길 위로 뛰어든 사람들은
철길이 되었을까

돌이 되었을까

걸을 때마다
보이지 않는 손들이 솟아오른다

이곳을 지나가야 한다

녹지 않는 겨울

숨길 수 없는 몸을 가진 사람들
스스로의 위치를 들키며 걸어간다

내가 여기 있다고 말하면
당신은 잠시나마 이곳으로 올까

길게 늘어진 발자국과 끝이 없는 길
주변은 온통 하얗게 물들어 있고

누군가 시작한 걸음을
누군가 끝내며

반복되는 풍경

사람은 흔적을 남기며 사는 줄 알았는데
흔적을 지우며 사라지는 것 같다

눈이 녹아가도

그 안에는 녹지 않는 마음이 있어
그것이 사라져도 그것을 기억할 수 있다는 뜻이야

당신이 했던 말을 기억하며 걷는다
그 말이 내 안에서 녹지 않기를 바라면서

해가 뜨면
모든 풍경은 선명해질 텐데

얼어붙은 미래를 떠올린다

녹지 않고
제자리를 지키는 미래에 대해

누군가 지나가도 녹지 않는 눈과
그것이 단단한 마음이라고 믿으며
앞으로 나아가는 사람들

끝을 외면하는 방식으로

끝에 가까워진다

레코딩

칼로 서로를 찌르는 게임이었다. 단단한 옷과 칼로 스스로를 지켜야 했다. 죽은 사람이 또다시 태어나고 살아난 사람이 또다시 죽으며 죽음에 무뎌지기 시작했다. 어느 순간부터 같이 있던 사람들이 죽기 시작했다. 더는 태어나지 않는 사람들. 곧 죽겠구나 싶었는데 마지막까지 남게 되었다. 살아 있어서 진 것 같아, 아직 살아 있는 네가 말했다. 우리는 죽은 사람의 녹음된 목소리를 반복해서 들었다. 그 사람이 영원히 살아 있는 것처럼. 멀리서 누군가 걸어오는 소리가 들렸다. 죽은 사람의 목소리와 산 사람의 발소리가 겹쳐지고 있었다.

오늘 밤에는 누가 축복받을 수 있을까

교회로 들어가자
온몸이 조용해진다

나란히 앉은 사람들 사이에 있어도
소란한 마음은 감춰지지 않고

낮은 목소리로
기도문을 읽는 목사와
기도하며 속삭이는 사람들

따라서
두 손을 모아도
기도의 내용은 들리지 않았다

몰래 바라본 두 손에는 어둠이 있었다
그 안에서 나를 발견했다

너는 왜 그곳에 있니

숨 쉬는 것도
시끄럽게 느껴지는 시간이 지나가고

오늘 밤에는 누가 축복받을 수 있을까

기도하는 순간에는
하나님만을 믿었는데
나의 기도는 어디론가 사라진다

내 것이 아닌 것처럼

십자가는 나를 향해 팔을 벌린다

멀어서 닿지 않는데도

산타 할아버지는 모든 것을 알고 계신대

노래를 부르는 아이들의 목소리가

힘차게 문을 비집고 들어온다

모르는 일들

비가 올 것 같아, 몸이 쑤신 사람은 날씨를 예언하는 능력이 있다 누군가는 평생 모를 감각을 한순간에 알 수 있다는 뜻이다 집에서 나오면 예언했던 것처럼 비가 내리고 빗소리에 무뎌지는 귀가 있고 모든 것에 익숙해지는 시간이 온다 아무도 없는 유모차를 끄는 사람이 지나간다 누군가를 찾아다니는 것일 수도 있지만 무엇이라도 담아주고 싶어진다 오래도록 우산꽂이에 꽂혀 있던 우산 잃어버린 것은 버린 것과 다르지 않아서 돌아오지 않는 사람들 또 다른 우산을 찾아그 속에 숨어버리는 것 투명한 우산이 불투명해질 때까지 같은 행동을 반복하는 것 스스로를 포기한 우산은 멀리 날아가고 나는 우산을 보며 괜히 힘을 빼려고 한다 날아갈 수 있다는 믿음으로 누군가 있다고 생각해왔던 곳을 상상하면서 언제부턴가 죽은 사람들이 어딘가에 살아 있을 거라고 믿고 있었다 어딘가에서 내려다본 세상은 아주 작을 텐데 누가 누군지 모를 만큼 아주 작을 텐데 모든 게 거기서 거기라도 나는 거기에 있고 싶다 누군지도 모를 사람들과 함께

목격자

건물 위에서 나를 내려다보는 사람
거꾸로 지켜보다
바닥이 되어버린다

피는 더 많은 피를 데려오고
그 위로 눈이 쌓인다

빨갛게 녹아가는 사람과
얼굴에 붙어 있는 마지막 표정

무슨 일이냐고 물으면
아무 말도 하지 못하고

이럴 때는 비명을 질러야 할까

뛰어내린 사람이
마지막으로 지은 표정에 대해

영영 말할 수 없을 것 같다

죽은 사람의 기분을 알기 위해
바닥에 누워 있었다

눈은 몸의 크기만큼 녹아가고
그만큼의 사람이 될 수도 있었다

죽어가는 사람을 봤어요
말하려 할 때 꿈은 나를 데려간다

아무도 타지 않은 자전거가 움직이고
실종된 사람을 찾는 전단지가 흩날리고
목격자를 찾는 현수막이 펄럭이고

흔들리는 풍경 속에서
본 적 없는 사람을 그리워하는 동안

누군가 나를 흔들어 깨운다

뭐가 보이나요?
내게 묻는다

나 너 공동체

수많은 내가 모여 우리가 된다는 사실을 알았을 때
나는 나를 반으로 갈랐다. 그 다음에는 반의 반이 된 내가,
그 다음에는 반의 반의 반이 된 내가 있었다. 그런 나를 모아
너에게 주고 싶었다.

처음으로 나를 갈랐을 때
내가 사라질까 걱정하던 네가 있었다. 나의 반이 사라져
도 나는 나인데. 반이 사라져도 나의 반을 기억하고 있을 너
에 대해 생각했다. 그러면 나는 무섭지 않았는데

수많은 네가 모여 나에게 왔을 때
너는 하나인 채로 사라졌다. 네가 사라지자 나는 여러 개
로 갈라진 너를 기억할 수 있었다. 보고 싶다고 말하면 영원
히 볼 수 없는 것처럼 너를 보고 싶지 않다고 말해보았다. 네
가 나의 앞에 있는 것처럼

나의 바깥이 되어

당신이 죽었다는 것을 보기 위해 우리는 산속으로 걸어 가네 걸음을 멈출 수 없는 사람처럼 걷고 있네 모서리를 가진 사물들의 위태로운 자세로

땅 위에 세워진 단단한 묘비
죽음이라는 말속엔 무엇이 있을까

꽉 막힌 벽이 있어
너머를 상상할 수 없었다

그 뒤의 풍경을 모른다는 건 너무 쓸쓸해

무언가를 보기 위해서는
끊임없이 바깥으로 나가야 하지
숨겨지지 않는 몸으로 나를 들키고 마는 일

내가 나의 바깥이 되어 나를 깨부수고 다시 세웠던 시간들

길게 펼쳐진 풀이
반복되는 현재가 되어 나타날 때

사람은 왜 갇혀야 하는 거야?
거대한 무덤을 내려다본다

당신을 기억할 수 있도록

발밑에는 오래된 시계가
깨진 채로 돌아간다

우리는 소리 없이 멈춰 있었다

누군가 지나갈 때마다
풀은 모양을 바꾸고

빛이 사라지면
또 다른 어둠이 나타났다

그러나 빛이 지나간 자리를 기억할 수 있듯이

당신을 기억해 낼 것이다

신과 신이 아닌

　인간보다 뛰어난 능력을 지닌 존재를 신이라고 불렀다는 이야기. 내가 아무것도 아닌 것 같을 때 신에게 기도했지. 아무것도 아닌 채로 살아가게 해달라고. 인간의 일에는 무심한 신을 미워하고 있었다. 미워하면서도 가끔은 믿어 보았지. 기도하는 사람들의 얼굴을 떠올리며. 고요하면서도 어지러운 얼굴을. 그들에게 신이 있냐고 물으면 어딘가에 있다고 대답했으니까. 오랫동안 믿으면 보이는 것이 있다고. 간절한 소원은 누구에게도 빌지 않듯 신이 아닌 나는 신이 되지 않을 것이다.

쥐의 죽음에 관한 고찰

*

죽은 쥐를 밟았다

소리를 지르자
뒤돌아보는 사람들

죽은 쥐는 보지 못한다
떨어진 게 없으면 바닥을 볼 일 없으니까

사람들은 고개를 빳빳하게 든 채로 걸어간다

*

납작한 몸이
유일한 흔적이 되어버린 쥐

작은 몸으로 살아가기에 세상은 너무 넓다고

쥐는 생각했을 것이다

바닥을 보면 아무것도 없는데
밟고 있는 모든 게 쥐처럼 느껴져

아무것도 없어서 아무거나 상상할 수 있다

*

온몸에 돋은 소름을 옷 안에 숨긴 채로 걸었다

이 느낌에
무뎌지기 위해

모든 죽음을 떠올린다

어릴 때 키우던 동물이

가장 먼저 잊힌다는 사실을 알게 된다

이제는 부를 수 없는 이름을 떠올린다
발보다 발자국이 더 큰 것 같다고 착각하면서

*

납작해진 몸 안에는 더 납작해진 마음이 있을 것이다

아무도 들여다보지 않는 마음은
몸보다 더 빠른 속도로 썩어가고 있겠지

*

계속 자라나는 쥐의 앞니처럼
이 생각은 도무지 끝나지 않는다

연체

누군가를 기다리는 책이 되어
책상 끝에 앉아 있는 아이

혼자인 게 무서워서
도서관에 온다는 말은
아이보다 더 외로워 보였는데

책을 베고 자면
말랑한 머리는 딱딱해질까

그렇다면 깨워줘야 할 텐데

다른 생각에 빠져
손을 베일 때

피는 종이 위에
서서히 번져가고

커지는 건 언제나 슬픔뿐이다

피가 흐르는 순간에도
죽어가는 것보다
살아 있는 것에 가까웠지

멈추지 않을 것 같은 피가
스스로 멈춰버릴 때
몸도 내 것이 아니라는 생각

나는 매일 연체되는 것 같다

버려지지 않은 물건의 버려진 마음

> 늘어진 테이프, 눈알이 지워진 인형, 보풀이 일어난 겨울
> 니트, 액정이 깨진 핸드폰…

창고 안에서 물건들은 슬픈 표정을 짓는다

물건들을 위한 공간이지만
그곳에 물건들을 위한 마음은 없다

주인과 함께했지만
함께하고 있지만

하나가 될 수는 없는

그럴 때
물건들은 몰래 대화를 나눈다
주인과 처음 만난 날이나

주인이 자주 외면했던 일에 대해

버려지지 않았지만
창고 안에 온 물건들은
자신이 버려졌다고 생각하고 있었다

지문이 남은
자신의 몸을 만지며

점점 희미해지며

주인은 가까이에 있어
가까이에…

물건들이 속삭이는 동안
주인은 또 다른 물건들을 데리고 온다

너는 여전히 쓸모 있어

쓸모라는 건
자신이 가장 잘 아는 것이라고

먼저 온 물건이 늦게 온 물건을 위로한다

팔리지 않는 물건처럼
늘 새로운 표정을 건네며

그곳에 있어

저기 고양이가 있어.
죽은 거야?
아니, 사라지고 있는 거야.

정류장에서 버스를 기다리는 아이들. 나는 매일 같은 시간에 똑같은 아이들을 본다. 아이들을 보며 서서히 자라나는 것과 서서히 늙어가는 것의 차이를 생각한다.

차가 지나가고 사람이 지나가고 이제는 형체를 알아볼 수 없는 고양이. 자꾸만 흩어지는 고양이. 흩어진 장면들을 모아 하나의 장면으로 응집시킨다. 사라지지 않을 것처럼 선명한 장면들. 언젠가는 사라질 장면들. 어떤 기억은 늘 나보다 먼저 가 있다. 먼저 가고 있으면 나는 그것을 따라간다. 그때 나는 기억과 만날 수 있다. 오늘의 기억이 어제의 기억이 되어가는 동안. 아주 가끔 고양이와 나는 만날 것이다.

모든 것이 사라지고 뼈만 남게 되면 내가 나를 볼 수 있을까. 나를 힘들게 하던 마음들은 내 안에 없었구나 내가 좋아

하던 기억들은 전부 사라졌구나 내가 본 풍경들은 내 것이
아니었구나…

내 안에서 부대끼던 나의 마음들.

몸보다 마음이 큰 것 같아, 말하고 나면 또다시 태어나는
것 같다. 저기 고양이가 있어, 말하고 나면 죽은 고양이가 그
곳에 있는 것처럼. 나의 마음은 늘 그곳에 있다.

발문

먼 곳

김현 / 시인

우리 마음에 빛이 있다면 하고 가정하며 시작하는 동요를 좋아한다. 아니 좋아하게 됐다고 적는 게 더 정확하겠다. 언제부터였을까? 마음에 드리우는 한 줄기 빛을 갈망한 것은. 마음속 불투명한 창을 깨고(그러니까 피 흘리고), 투명한 유리로 갈아 끼우는 것으로 우리는 어른이 되었음을 확인한다. 어쩌면(분명히) 그 반대로도.

어릴 적부터 좋아해 지금도 가끔 흥얼거리는 동요가 있다. 〈아이들은〉이다. 세상이 이토록 밝은 것은 집집마다 어린애가 자라고 있어서라고 노래하는 동요로 기억하고 있었는데, 방금 노랫말을 찾아보니 '어린애'가 아니라 '어린 해'이다. 노래하는 어린 해. 아이였을 때 우리는 모두 어린 해였던가. 나의 경우라면 그런 것도 같고 또 그렇지 않은 것도 같다. 그러나 어떠한 경우였던지 간에 이제 와 이런 물음은 가능할 것 같다.

우리는 어쩌다 '마음이 없는 몸'에 이르는가.

*

"사람과 사람 사이에 남는 게 마음이라면/ 몸 같은 건 사라져도 좋을 텐데"

『순수한 기쁨』을 펼치면 가장 먼저 나타나는 전언을 맨발로 밟고 오래 서 있었다. 마음이 금세 눈밭이었다. 드넓은 설원에 서면(충만한 기쁨면 속에서) 오로지 나(인간)만이 오염되어 있구나, 라는 생각을 떨쳐버릴 수가 없다. 어디 눈의 자리뿐인가. 푸른 보리밭, 금빛 모래사장이나 파란 바닷가, 검은 숲의 한가운데. 땅의 자리나 물의 자리에 홀로 서 있노라면 두 발이, 두 손이 저지른 죄와 그 죗값이 떠올라 부지불식간에 기쁨은 변질해버린다. 아, 사랑의 자리가 빠졌다. 그 흰 자리. 사람의 자리에서 우리는 그 어느 때

보다 크게 속삭인다.

　"눈이 녹아가도/ 그 안에는 녹지 않는 마음이 있어"

　믿고 싶기 때문이다. 사랑이 녹아도 그 안에는 녹지 않는 마음이 있다는 것을. 사랑을 녹이는 뜨겁고 단단한 마음. 믿음. 그래서 우리는 종종 사랑의 눈밭에서 화상을 입는 것이다. "사랑 뒤에 숨겨둔 슬픔을 본 것 같아서" "어떤 사랑"은 "사랑한다고 말하면/ 사랑이 사라지는 것 같으니까" "인간을 사랑하는 일에는 왜 고통이 수반될까" 단 한 번도 물어보지 않은 사람을 사랑할 수 있을까, 자문자답하면서.
　말하자면 사랑은 "자신이 본 슬픔을" 네게 들려주는 일이다. 이런 방식으로.

　"손을 씻자"

*

　어젯밤에는 홀로 앉아서 낙지볶음을 안주 삼아 백포도
주를 마셨다. 윤석열 녹취록이 몇 번씩 반복 재생되는 뉴스
를 보다가 하얗게 하얗게 깨끗한 마음으로 자라는 일을 생
각했다. "천천히 망가지는 기분"에 관하여. 이런 고백을 쓰
는 자리가 아니라는 걸 알면서도, "편지는 받는 사람을 생
각하며 쓰는 거"라지만 불가피하게 써야겠다.

　차라리, 이러면 차라리, 차라리 그냥…
　인간을 통과해버릴까?

　죽어서가 아니라 인간을 '통과해' 유령이 된다는 시인의
말이 어두운 마음에 촛불처럼 타올랐다. "오늘 밤에는 누가
축복받을 수 있을까" 시인이 보여주려고 들려주려고 느끼
게 해주려고 하는 한 마음을 여러 각도로 되짚어 보았다.

흩어진 마음, 엄마의 마음, 올라가고 싶은 마음, 지우려는 마음, 지키고 싶은 마음, 텅 빈 마음, 빠져나가는 마음, 좋은 미래가 오면 좋겠다는 마음, 젖지 않길 바라는 마음, 쌓아 올린 마음, 바라는 마음, 사라져도 좋을 마음, 슬픈 마음, 보고 싶다는 마음, 녹지 않는 마음, 소란한 마음, 납작해진 마음, 아무도 들여다보지 않는 마음, 버려진 마음, 위하는 마음, 힘들게 하던 마음, 부대끼던 마음.

마음에 환장하는 게 시인 '종특'이라 해도 잔물결처럼 끊임없이 일렁이는 "하얀 파동들"을 가만히 지켜보다 보면 어느새 "마음은 볼 수 없는 것" 그러나 마음은 "없는 것처럼 보여도/ 눈앞에 있는 것// 비어 있는 것처럼 보여도/ 가득 채워져 있는 것"이라는 시인의 편지가 담긴 유리병이 "검은 모래가 반짝이는 밤의 해변"으로 밀려와 있었다.

지금 이 글을 읽는 당신이 어느 밤에 홀로 앉아 술병을 열고 "나를 넘기 위해 온 힘을 다하"는 사람이라면 좋겠다. "뭐가 보이나요?" 묻고 "멀어지기 위해 먼 곳을 바라"보는 사람이길. 그렇다면 나와 당신은 "흩어진 채 하나"가 된 유령들처럼 시집을 떠돌아다니며 "천사의 노래"를 흥얼거리는 "나 너 공동체"를 이룰 수 있을 것이다. 당신과 내가 서로의 앞에 있는 것처럼. 오랫동안 믿으면 보이는 것이 있다. 이를테면 마음 같은 거.

*

차유오 시인의 시를 읽노라면 마음이란 게 보이지 않는 게 아니라, 들리지 않는 게 아니라, 만질 수 없는 게 아니라 물속을 돌아다니는 해파리 같고 자꾸만 작아지는 비누 같고 흐트러진 음식 같고 아무도 없는 버스 같고 오래된 건물 같고 찻집의 구석 같고 잠꼬대 같고 하얀 침대 같고 빈 바구니 달라붙은 귀신 작은 창문 모래알 영혼이 빠져나가는 모습 같고 기도문 같고 그곳, 몸으로 이해된다. "물로 이루어진 투명한 몸"이 되었다가 "아주 천천히 눈앞에 나타나다가/ 이내 사라지는" 몸이 되기도 하고 동그랗게 말린 몸이 되기도 한다. 어제도 나는 한 사람의 몸을 원했는데, 그건 마음을 얻고 싶은 것이었다. "내 몸을 담을 수 있는 사람은/ 나밖에 없다는 게 신기해"라는 말이 마음으로 스며서 자연히 고해했다.

내가 여기 있다고 말하면
당신은 잠시나마 이곳으로 올까

길게 늘어진 발자국과 끝이 없는 길
주변은 온통 하얗게 물들어 있고

누군가 시작한 걸음을

누군가 끝내며

반복되는 풍경

사람은 흔적을 남기며 사는 줄 알았는데
흔적을 지우며 사라지는 것 같다

눈이 녹아가도
그 안에는 녹지 않는 마음이 있어

그것이 사라져도 그것을 기억할 수 있다는 뜻이야

당신이 했던 말을 기억하며 걷는다
그 말이 내 안에서 녹지 않기를 바라면서

ㅡ「녹지 않는 겨울」 부분

무릎 꿇고 두 손을 모아 어둠을 감싸 쥔 채 기도하는 사람이 되기.

시인이 우리에게 요청하는 밤의 풍경은 이토록 간결하다.

우리가 어린 해였을 적에 "몸보다 마음이 큰 것 같아"라는 식의 말은 슬픔보단 기쁨에 가까웠던 것 같다. 그런데 언제 저 말은 기쁨에서 멀어져 슬픔에 더 가까워진 걸까. 눈이 녹으면 흰 빛은 어디로 사라지는지 궁금해했던 셰익스피어의 말을 빌려보자. 마음이 녹으면 빛은 어디로 사라지는가. 시인은 답한다.

"빛이 사라지면/ 또 다른 어둠이 나타났다/ 그러나 빛이 지나간 자리를 기억할 수 있듯이/ 당신을 기억해 낼 것이다"

기억해 낸다.

차유오 시인의 시를 읽는 며칠 동안 나는 보통 때와 달리 나와 너의 마음을 기억해 내려고 애썼다. 어떤 사랑을. 어떤 사람을. 어떤 마음을. 지우고 지우면서. 진심에 가까워지면서. 어디론가 가고 싶어졌다. 백지로, 백지에게로. 백지라는 눈밭으로.

나는 수도 없이 본 풍경을 마치 처음 보는 풍경인 양 적고 있다.

*

애초 이 글에는 '밝은 미래'라는 제목이 붙어 있었다. 그 제목은 '슬픔'이 되었다가 '백지'가 되었다. 이 마음의 흐름에도 어떤 언덕이 있을 것이다.

아침달 시집 44

순수한 기쁨

1판 1쇄 펴냄 2024년 11월 22일
1판 2쇄 펴냄 2025년 2월 28일

지은이 차유오
큐레이터 정한아, 박소란
편집 정채영, 서윤후, 이기리
디자인 정유경, 한유미

펴낸곳 아침달
펴낸이 손문경
출판등록 제2013-000289호
주소 04029 서울시 마포구 양화로7길 83, 5층
전화 02-3446-5238
팩스 02-3446-5208
전자우편 achimdalbooks@gmail.com

© 차유오, 2024
ISBN 979-11-94324-12-6 03810

값 12,000원

이 책은 서울특별시, 서울문화재단 '2024년 첫 책 발간지원 사업'의 지원을 받아 발간되었습니다.